KB025262

홀로평화

홀로평화

김영진 시집

아버님, 어머님

고맙습니다

김영진의 순례길 묵상

-제4부-
홀로평화, 가을 ─────

제1부

홀로평화, 겨울

홀로평화

자신이 누구인지를
다른 이들에게 증명하던
화려한 꽃도
탐스러운 열매도
우아한 단풍잎도
모두 떠나보내고
앙상한 가지만 남은
겨울나무는
외롭고
시린 북풍에
온몸이 흔들리지만
비로소
홀로평화를 누리고 있다

의자

먼 길 달려온 눈이
의자에 앉아
커피 한 잔 마시며
내리는 눈을 바라보며
쉬고 있네

연필 1

우리네 인생은 깎여야만 쓰이는 연필이다

봄 햇빛 사이로 솟아오르는
새순의 희망 소리도
여름 길 위에서 타버린
검은 마음의 앓는 소리도
가을 들판 넘실대는
기쁨의 소리도
겨울 흰 눈 속에서
잠들어 숨 쉬는 소리도

글로 써내려면
새 연필이든
몽당연필이든
자기 몸을 깎아내어
검은 속살을 드러내어야 한다

봄… 여름… 가을… 겨울…
순례길

떠오르는 해를 바라보며
글을 쓰기 시작하고
저무는 해를 바라보며
자기 살을 깎아야 한다

깎여지는 아픔이 없는 인생이 어디 있으랴

연필 2

우리네 인생은 깎여져 그리다 사라지는
연필이다

그리운 사람의 미소를 그리고
사람들 사이로 흐르는 사랑도 아픔도 그리고
타들어 가는 세상의 분노를 그리고
푸른 밤하늘 깊음 속으로 사라지는 별빛도 그리고

그렇게 그리다 연필은 사라지지만
그림은 남아
사람들 속에서 살아가기에
서러워하지 마라

아름다운 그림을 그리다
새벽안개 속으로 사라지리라

흔들다리

우리 모두는
흔들다리를 건너가는 인생이다
출렁출렁 다리가 흔들릴 때마다
온몸과 맘도 함께 요동친다
다리가 무너지지도
내가 넘어지지도 않는데

우리 인생길 늘
출렁거리며 흔들리지만
마음의 중심을 세우고
눈을 똑바로 뜨고
걸어가면 될 일이다

혹시 손이 있거든
옆에서 흔들리며 외로운
한 사람 손잡고
함께 걸어가는 흔들다리 길
신명 나지 않겠나

나는

나는 아버지와 어머니의 사랑으로
이 땅에 태어났기에
나는 사람이다

나는 아무것도 없음에서부터
존재하게 되었기에
나는 무無다

나는 하느님으로부터
하느님의 자녀로 창조되었기에
나는 신神이다

나는 자연의 생명을
먹고 마시며 살아가고 있기에
나는 자연이다

나는 모든 사람이 흘린 노동의 땀으로
삶을 살아가기에
나는 온 인류이다

나는 모두이고
나는 없음이다

나는 생명이고
나는 죽음이다

나는 나다

이 사람

오늘 이 사람이
우리에게 왔다
세상의 가장 낮은 구유에 누워
맑은 눈으로 우리를 바라보고 있다

오늘 이 사람이
세상 한가운데 서서
높은 자들의 추악함에
분노하시며 소리치셨다

오늘 이 사람이
한 맺힌 피눈물을 흘리는
바닥 사람들에게 와서
너희들이 하느님의 자녀라고
하늘의 소리를 전하셨다

오늘 이 사람이
갈보리 죽음의 골짜기
십자가에 매달려
알지 못해서 자신을 못 박은 자들을
용서해 달라고 하느님께 절규하셨다

오늘 이 사람이
나의 마음속에 오셨다
내 생명 다하는 순간까지
이 사람을 모셔 따르고
좁은 하늘 길을 걸어가리라

묻어 둔 사랑

누구나 묻어 둔 사랑 하나
가슴속 깊은 곳에 품고
애절한 눈물을 머금고 산다

가없는 어머님의 사랑
먹먹한 심장 속에 간직하고
그 사랑 기억하며 살아 내고

잊히지 않고 무의식 속에
깊이 새겨진 아픈 사랑
깊은 그리움으로 머물고

흔들리며 걷는 길
기대며 살아온 친구의 흔적
외로울 때 꺼내어 바라보고

묻어 둔 사랑이
가끔 유령처럼 올라와
나를 바라본다

잊혀짐

나는 죽음이 늘 불안하다
남이 나를 기억해 주지 못해서가 아니라
내가 나를 잊어버리는
존재의 슬픔이 몰려오기 때문이다

사라지기 전에
나를 마음에 새기고 품어서
내가 나를 잊지 않고
나를 품고 사라진다면
외롭지 않겠지

보은

찬바람이 불어오면
나뭇잎들이 미련 없이
땅바닥으로 떨어지는 것은

자신을 여기까지 키워 준
얼어붙은 땅을 따스하게 덮어 주고

봄날에 솟아 나올 새순들의
모유가 되기 위하여
떨어져 썩어 가는 것이다

차디찬 별

추운 겨울밤
모두 모여 서로의 몸으로
겨울을 버텨내고 있는데

밤하늘 별들은 서로의 거리를
그대로 지키며 떨고 있다
아마도
자신들의 찬 몸이 친구 별들에게
전해지는 것을 걱정하고 있나 보다

다가가지 못한 나도
외진 하늘 어딘가
차디찬 별들 옆에서
외로운 몸을 떨며 떠 있다

사라지는 것들에 대하여

푸른 밤하늘
한 줄기 빛을 그으며
별똥별은 사라지고

밤사이 몰려온 추위에
떨어져 있던 몸들을 모아 모아
풀잎에 맺힌 한 방울 이슬은
제 무게에 밀려 아래로 떨어지고

가파른 오르막 산행 길
거친 들숨과 날숨 사이로
생과 사는 반복되고

사라지는 것들은
있음과 없음의
찰나에 터지는 빅뱅

출사표

홀로 길을 걸어가다가
함께 길을 열어가려면

심재心齋, 마음을 비우라고 장자는 일러주고
빈심貧心, 가난한 마음으로 예수는 걸어가고 있다

빙벽

지난 한 해 동안
쉼 없이 흘러내리던
계곡물이 빙벽으로
멈추어 있다

온몸에 열과 힘을 버리니
드디어 서
멈춤의 신비를 누리고 있는 것이다

모든 것을 내어주고
서 있는 빙벽은
봄이 오면
서서히 무너져
또 흐르게 되리라

멈추고 서 있고 싶지만
다시 흐르는 인생
허무하지만
다시 서고
또 흐르다 보면
물이 물을 알고
내가 나를 알아

이제 비로소
모든 허무를 품고
그냥 흘러가게
되리라

그렇게 흐르다
새가 되어 날아가리라

소나무

모든 나무들이
곱게 물든 가을 색동옷을 벗어 버리고
무심히 서 있을 때에도

소나무는
독야청청 푸른 기상으로
힘들게 서 있다

올겨울은 그냥 다 버리고
쉬어도 좋을 덴데

눈꽃

화려한 단풍잎을
마지막으로
떠나보내고
외로운 그리움으로
홀로 떨고 서 있는
나뭇가지에
하염없이
내리는 함박눈으로
눈꽃이 피었다

이생 길에
꽃피지 못한
내 몸에도
하늘이 눈꽃을
피워 주셨다

물음

매일 북한산 산기슭을
돌고 돌아 올라가며 묻는다
나는 누구인가?
신은 누구인가?

수만 년 비바람에
서서히 무너져 내린 바위는
무심히 서 있고
세월의 무게에 쓰러져
흙으로 돌아가는 거목도
말없이 누워 있고

답이 없는 나의 물음도
오르고 내리고
또 오르면
흘러가겠지

자비

하염없이
밤새 내린 눈은
하늘의 자비입니다

이런 사람
저런 사람
낮은 자리
높은 자리
모두 하얗게
덮고 가리는
하늘의 마음입니다

이별 1

새끼 새가 둥지를
떠나는 것은
둥지가 작아서가 아니라
때가 찼기 때문이다

온 힘을 다하여 피워낸
꽃이 떨어지는 것도
꽃자루가 약해서가 아니라
때가 되었기 때문이다

너와 내가 이별하는 것도
서로의 사랑이 부족해서가 아니라
인연이 다하고
때가 왔기 때문이다

내가 나를 떠나는 것도
내가 나를 붙들어야 할
힘이 없어서가 아니라
떠날 때가 이르렀기 때문이다

이별은 이유가 없다
왔다가 가는 것이
길이기 때문이다

이별 2

인생은 이별이다
내일은 오늘과 이별하고
봄은 겨울과 이별하고
너는 나와 이별하고
사死는 생生과 이별하고
결국
나는 나와 이별하고
떠나가는 바람이니
슬퍼하라
그러나
미련은 두지 마라
인생은 이별이니

등불

내 손에 등불은 꺼지고
어둠이 밀려와
길마저 안보이고
불안이 밀려올 때

눈을 더 크게 뜨기보다는
멈추어 서서
눈을 감고
내 안의 등불을 바라보고
머물러 있다가
서서히 발길을 내딛어라

기억

깊은 산속 작은 물줄기가
지나가 버린 흐름은
오랜 세월 바위에 새긴
흔적으로 기억되고

수십억 년 우주가 지나온 길
인류가 살아온 기쁨과 절망은
우리 몸과 마음에 기억되어 있고

낳으시고 기르시고
걱정하시고 기뻐하신
어머님의 사랑은
내 생명이 기억하고

그대들이 살아간 걸음걸이는
내 마음 길이 기억하고

내가 지나간 뒤
새벽안개가 나를 기억하리라

아름답구나

차디찬 침묵 속 나무껍질을
가장 부드러운 몸으로 스며져 나오는
새순이 아름답구나

무성한 잎사귀 사이로
찬란한 몸을 입고 신비로 피어난
꽃이 아름답구나

한여름 햇볕을 몸에 담아
맛있는 사랑을 나누어 주는
열매가 아름답구나

모든 것을 다 내어 보내고
홀로 외로움을 품고
긴 침묵으로 기다리는
겨울나무가 아름답구나

그런
나무를 아름답게 바라보는
너도 아름답구나

온 생명이 아름답구나

희망 1

혹독한 겨울바람에
움츠려 있던 겨울나무가
옆 나무에서 돋아나는
새 움을 바라보며
이미 와버린 봄에 놀라듯이

너와 나
서로 바라보는 기다림 사이로
희망은 이미 와 있는 것이다

만물이 하나이듯이
너에게 온 희망이 나의 희망이고
나에게 다가온 희망이 너의 희망이다

희망 2

절망의
밑바닥에
가려진
미소

그리움

산에 나무들이
겨울 문을 열고 나와
새순을 내어놓은 것은
그리움 때문이다

봄날 나무들 사이에 숨어서
흐드러지게 붉은 꽃을
피우는 것도 그리움 때문이다

모든 것을 태워 버릴 것 같은
여름 태양을 품고 타오르는 것도
그리움 때문이다

서늘한 가을바람 아래
나뭇잎들이 오색 화장을 하고
수줍게 웃는 것도 그리움 때문이다

찬 서리 내려
모든 것을 내려놓고 외롭게 서서
시린 바람에 온몸을 떠는 것도
사라지지 않는 그리움 때문이다

그리움에 지쳐 그리움을 품고
흰 눈 속에서 깊은 잠을 청하고

나도 그리움 찾아
외로운 산속으로 들어간다

진혼곡

깊고 푸른 겨울밤 하늘
새로 태어나는 별빛 안에
생의 마지막 불꽃을 태우는
별들의 진혼곡이 울려 퍼지고

차디찬 슬픔
깊고 푸른 슬픔
이렇게
별들의 탄생과 장례식은
함께 어울려 빛을 발하고
나의 슬픔은 더 초라해진다

애연

해맑은 웃음을 머금고 태어나
해맑은 웃음소리로 친구들을 만나고
해맑은 웃음꽃을 피우며 한 남자를 만나 결혼하고
해맑은 눈빛으로 수술 후 모자를 썼고
해맑은 미소를 품은 딸을 품에 안았다

36살 아직은 아니라고 애타게 부르는 우리에게
해맑은 웃음 지으며 손을 천천히 흔들면서
해맑은 얼굴로 나룻배를 타고 강을 건너갔다
우리도 그날에 그 나룻배 타고 건너가
그 해맑은 웃음꽃 다시 보리라

아름다운 청년 김재환*

한번 왔다가 다시 돌아가는 길이
사람의 길이지만
그 길의 무게와 흔적은
모두가 같은 길은 아닙니다

온몸으로 웃지 못하고
엄마 아빠가 떠난 빈 마음에
하얀 찔레꽃으로 피어났던
청년 재환이가
우리를 떠나갔습니다

보내는 마음이
떠나는 미소가
깊고 푸른 우주의 빛처럼
다가오고 있습니다

휠체어 안에서
길을 걷고
바다를 건너고
하늘을 나르고
사람들 마음속을 드나들던
재환아
이젠 온몸으로 미소 짓거라

* 재환이를 18년 전에 만났습니다. 근육병으로 힘든 몸이지만 맑고 밝은 미소를 지으
  며 여기까지 왔는데 코로나가 찾아와 힘든 몸 내려놓고 2022년 4월 3일에 하느님
  품으로 돌아갔습니다.

신영복

그는 이 시대의 선비였다
역사의 아픔을 가슴 깊이 품고
자신의 중심을 지키셨다

자신에게 던진 환호도 돌도
뒤로 한 채
소박하게
자신의 길을 가셨다

나는 왜 그가 이런 길을
선택하셨는지 이유는 모른다

그러나
넘치지도 마르지도 않게
우리들 마음 사이로 흐르다가
이제는
하늘 강으로 흘러가셨다

내 인생

많은 사람들이 바라보는
붉은 노을도 없이
해는 서산으로 저물어가고 있다

추위를 막아줄
한낮의 뜨거운 햇볕도
구름에 가리어지고

그럴지라도
미련 없다

아침 해돋이는
새날을 기다리는 가슴을
붉게 물들였고

하늘을 돌아서
여기까지 왔으니

이제 돌아가서
서산 품에 쉬리라

목련화

목련화를 유독
좋아했던
홍술 형님이
홀연히 지셨습니다
아직은
목련화가 질 때는 아닌데

늘 때를 넘어가시던
홍술 형님은
앞서 피고
먼저 지셨습니다

지지 않는 꽃은 없겠지만
허공에 떨어지는 목련화에
베인 가슴이 쓰린 것은
아직도
더 노래하고
더 울고 웃을
미련이 남아서인가 봅니다

여기서 못다 한 이야기는
목련화처럼
아름답고 겸허하게
피고 져
다시 만나
밤을 새워야겠습니다

오늘

오늘만을
살아가야 하는 때가
이제 내 앞에 왔습니다

내일이 없는
오늘은 아니지만
내일의 환상에
빠지지 말고
오늘만의 아쉬움도 없이
오늘을 오늘스럽게
혹시
마지막 오늘일 수도 있으니
오늘에 깊이 들어가
오늘에 감사하며
오늘을 누리며

밤이 오면
오늘이 기울듯이
생이 지나가는 운명에
미련이 남더라도
오늘을
따라가겠습니다

우물

우물을 팠지만
물이 나오지 않았다

또다시 우물을 팠지만
바라던 물은
솟아나지 않았다

그래도
목이 마르니
우물을 또 파야겠다

겨울 산

겨울 산에는
봄, 여름, 가을의 흔적을 품고 침묵이 흐른다

움트고 꽃피고 열매 맺고 물들어간
자기들의 길을 걸어왔지만
다른 꽃보다 더 아름답게 피어
시선을 끌려고 애쓰지 않고
그저 자기의 길을 걸어왔고
때가 이르러 왔던 땅으로 돌아가고 있다

겨울 산에서 살아가는 모든 생명들은
자기의 길만을 묵묵히 살아 내는 수도사들이다

외로움 1

꽃도 떨어지고
열매도 떨어지고
단풍잎도 떨어지고
사람도 떠났지만
그래도
떨어지지 않고
매달려 있는
외로움

외로움 2

외로움은
다 떠나보내고
홀로 서는 것
외로움마저 보내고

홀로

홀로 서 있는
나를 보는 것

제2부

홀로평화, 봄

봄비

봄을 여는 첫날
세차게 봄비가 내립니다

땅바닥에 부딪히고 부서져
온몸으로 잠든 대지를 깨우고
움츠린 땅속으로 스며들어
얼었던 대지를 서서히 녹입니다

누군가를 깨우고
얼어붙은 마음을 녹이고자
내리고 부서지는 아픔을 감내하며
봄비로 내려야겠습니다

봄눈

봄을 재촉하는 봄비가 내리더니
보내는 겨울이 아쉬운지
깊은 밤 봄눈이 되어 내려옵니다

보내고 맞이하는 길이 세상의 순리이기에
육십 평생 보내고 맞이해 왔지만
아직도 보내는 마음이 아려오네요

먼저 먼 길을 떠나신
아버님, 큰형님, 벗님, 어린 제자들이
그립습니다

너를 보내고 너를 맞이하고
나를 보내고 나를 맞이하는
우리네 인생길

나와 이별하는 그날까지
신비한 생을 주신 신 앞에서
여린 진심을 담아 살아가겠습니다

낮은 자리

삼월 봄기운이 스며들어
계곡 얼음이 서서히 녹아내리고 있는데
그늘진 비탈길 얼음은 아직도
굳어진 한겨울 그대로다

우리네 세상살이도
낮은 자리에는 여전히 겨울이다

그래도 밀려오는 봄기운에
온 세상이 따뜻해지고
사람살이 상처로
얼어 있는 마음들도 녹아내려
평화로 흐르는 날이 오길 기도한다

머물다 갈 자리

나뭇잎들이 모두 떠나고
앙상한 가지만 남은 외로움 위에
한 마리 참새가 내려앉아
두리번두리번하다
미련 없이 떠나갑니다
아마도 필요한 것이 없었나 봅니다

누군가 내 곁에 머물다 떠나갑니다
내게 얻을 것이 없나 봅니다
갑자기 슬퍼집니다
지금이라도 내어줄 것을 마련해야 하나

그저 누군가 잠깐 머물다 갈 자리가
되겠습니다

하느님

세상살이를 보면 당신은 보이지 않고
절망의 수렁에 빠져만 가고 있습니다

그러나
봄날 땅속에서 불현듯 솟아난
여린 새싹에서 당신이 보입니다

겨우내 굳어진 나뭇가지 속에서
피어난 꽃과 함께
당신은 피어나고 있습니다

희망을 잃어버린 사람들 사이에서
웃고 있는 아이들 안에서
당신은 희망을 보여주고 있습니다

우리는 당신을 보지 못하고 있지만
당신은 늘 가장 약하고 부드러운 곳에
계십니다

수행 1

깊은 골짜기
큰 나무들에 가려져
살짝살짝 비추어오는
태양 빛을 바라보고
작은 꽃 하나 피었다

바라보는 이 아무도 없지만
아쉬움 없이 활짝
사랑하나 내어놓고
고개 숙이고 있네

수행 2

산에 나무들은 홀로 울지 않고
서러움 마음속에 깊이 묻어두었다가
비바람 불어오면
산에 있는 모든 나무들이
함께 소리 내어 운다

지치고 서러운 생애
아픔 다 내어놓고
함께 붙잡고 한바탕
온몸을 흔들며 울고 나서
아침에 비추는 햇살에
다시 마음을 비워내
마음속 깊은 향기를 내어주고
땅으로 굳게 뿌리 내리고 서 있다

사실은 나무들이
산 아래 마음이 말라
함께 우는 길을 잊어버린
아픈 사람들을 위하여
비바람 부는 깊은 밤에
함께 울고 있는 것이다

수행 3

바람이 지나간 후
떨어진 가지들을
어미 새는 부지런히
물고 와서 둥지를 만들고
온몸의 사랑으로 품어
알을 깨고 나온
어린 새끼를 위해
쉬지 않고 허공을 날아다닌다

온 세상의 모든 생명이
정성으로 수행하고 있구나

붉은 꽃

지구별 하느님 몸이
한 송이 진달래꽃을 피웠다

빈 바위산
억만년 세월 동안
온몸이 부서지는
아픔을 품고
긴긴 세월 지나
한 줌 흙이 생겨나고
진달래 씨앗 품어
붉은 꽃을 피웠다

하느님 사랑으로
지구별에 와서
생명의 신비를 누리고
생의 꽃을 피웠으니
더 이상 무엇을 바라리오

눈물

몸이 베이면
상처가 생기고

마음이 베이면
눈물이 흐르네

상처 난 몸과 마음
홀로 함께
아물어 가는 몸부림이
인생길

황사

푸른 태양이 황토색 모래에 묻혀 있다. 인류를 살려온 태양
이 빛을 잃고 시들어가고 있다. 우리가 뿌린 무지와 욕망이 온
세상을 덮어 무덤을 만들었다. 우리는 서서히 우리의 터전인
지구별에서 사라져 가고 있는 것이다.

징조

오월이지만
지구별의 미래를 보여주는 징조처럼
벌써 땡볕이 내리쬐고 있다

산은 불을 품었고
바람이 불어와 산을 흔든다

올여름 닥쳐올 메마름에
마음 단단히 먹으라고
나무들을 흔들고 있는 것이다

사람

억겁의 시간 동안
우주가 피워낸
한 송이 꽃
사람

그 사람
지구별에서
서서히 시들어가고 있다

자본주의 1

풍선에 계속해서
바람을 집어넣으면
눈앞에서 터진다

자본주의 2

아직 차지도 않은
우물을 계속 퍼내면
우물은 말라 버리고 말 것이다

자본주의 3

나는 아침마다
아프리카 아이들의
눈물을 마신다

나는 아침마다
탐욕을 쌓아가는
자본의 향기를 마신다

나는 아침마다
말라지고 깨어진
커피의 꿈을 마신다

설득 & 선거

섬나라 반도 백성을 설득하는데
나도 실패했고
우리도 실패했고
하느님도 실패했다

다시 일어서고 싶지 않지만
하느님은 이른 아침부터
우리 모두를
설득하고 계신다

기다림

메마른 산천초목이
애타게 기다리던
봄비가 내립니다

허전한 삶도
기다림에서
살아갈 힘이 나오고
기다림에서
삶의 끝자락을
볼 수 있습니다

삶이 기다림이라면
기다리는 마음에서
길이 보이고
서로를 기다리는 외로움에서
사람이 보입니다

사랑

세상살이 먼지를 이고 온 나를
산은 아무 말 없이 받아들인다

산은 사랑이다

십자가에서 예수는
무지해서 자신을 못 박는
저들을 용서했다

신은 사랑이다

사랑이 세상을 구원하고 있다

바람 부는 데로
물 흐르는 데로
마음이 머무는 길에
사랑이 흘러가
온 세상을 용서하고 살린다

길은 사랑이고
진리도 사랑이다

사랑이 온 생명을
낳고 키우고 힘을 준다

나도 이 길을 걸어서
그곳에 가리라

지나간 자리 1

긴 가뭄 사이
봄비가 지나간 자리에
새싹이 솟아나고

연분홍 진달래 꽃잎이
떨어진 자리에
아려오는 한이 서려 있고

그 사람이 떠나간 자리에
먹먹한 가슴에 새겨진
회한이 남겨지고

찢긴 예수의 십자가 너머
동녘에서 붉은 희망은 떠오르고

내가 살다 간 자리에 한 줌 미소가 남는다

지나간 자리 2

봄비가
지나간 자리
푸른 하늘이 펼쳐져 있고

진달래꽃
지나간 자리
철쭉꽃이 피어 있고

그 사람이
지나간 자리
이 사람이 서 있고

지나간 것들을 붙잡는 손끝에
그분의 마음이 남아 있습니다

그 이름

저 깊은 곳에서
저려 오는 그 이름
어머니

어머니 1

대학병원 MRI 빛 가운데
드러낸 어머니의 뼈들은
한 마디 한 마디
무너져 내리고 있었다

자식들 키우느라고 한 마디
자식들 걱정에 한 마디
자식들 김장 고추장 준비에 한 마디
손주들 돌보느라 한 마디
역사의 격변기를 살아온 무게에 한 마디

어머니 2

모든 이들이
감탄하며 바라보는
찬란히 핀 꽃
그 바로 아래에서
꽃을 힘들게
받치고 있는
가느다란 줄기

내 인생의 여정
여기까지 이르게
자신을 드린
어머니

어머니 3

불타는 태양에 말려지고
철판 불에 볶아지고
부드러운 가루로 부서지고
뜨거운 물에 우려져서
자기의 모든 것을
아낌없이 내어주는
커피처럼

아버지

창가 흔들리는 나뭇가지에
홀로 앉은 작은 새 한 마리
나만을 위한 세레나데를
불러주고 있습니다

아버지로 살아온 나도
하느님 품 안에 계신
아버지를 바라보고
당신만을 위한 무대를 꾸미고
온 영혼을 다해 사모곡을
불러드리고 싶습니다

시루떡

늦둥이 막내아들 낳으시고
등에 업고 다니면서
자랑하셨다는 어머니

어린 시절 생일마다
건강하고 오래오래 살라고
겹겹이 시루떡 올리시던 어머니

이제는 내 생일을 잊어버리셔서
낳아주시고 길러주셔서
고맙다고 전화드렸다

시루떡 쌓으신 은혜로
육십이 다 되도록
여기까지 왔으니

어머님
시루떡 쌓은 은덕으로
건강하고 행복하게
오래오래 사세요

빈 등

산등성이는 어머니의 등이다
언제나 빈 등으로 나를 맞이한다

어머니는 등에 업어서 나를 키우고
지금도 늘 등을 비워놓고 있다

우주의 품어주는 등
온 생명들이 내어준 등
뭇사람들의 보살펴주는 등
늘 설득하시고 받아주시는 하느님의 등에
기대고 업혀서
여기까지 온 것이다

나도 이제
작은 등 비워두어
몸과 마음이 지치고 쓰린 이들이
기대고 업히도록 빈 등으로
하루라도 살아가면 좋겠다

은혼식 고백

서로 다른 멀고 먼 별에서 온 우리
서른 다른 몸을 지닌 우리
하나가 되려고
먼 길 걸어왔지만
여전히 우린
서로 다른 두 별에서 온
서로 다른 몸을 지니고
하느님 찾아가는
순례자일 뿐

그대로 맞이하고
그대로 바라보고
서로를 위하여
흐르는 눈물 머금고
미소 지으며

나는 나로
그는 그대로
흐르는 물이 되어
하늘로 흘러가리라

아내

그녀는 나와 24년을 한 몸이 되어
여기까지 걸어 왔다

봄바람 솔솔 불어
시원하게 걷기도 하고

오르막길에 지쳐
가는 길 포기하고 싶은 길도
넘어서서 여기까지 왔다

잠시 내리막길
쉽고 평안하게 걷기도 했다

함께 걸어온 길 돌아보니
그녀는 그녀의 인생을
나는 나의 인생을
더 깊이깊이 마음에 새기며
여기까지 온 것이다

앞으로 함께 갈 길도
서로를 그대로 바라보고
서로를 마음으로 울어주며
아픈 사랑
아픈 인생
아픈 세상살이
레테 강을 건널 때도
잡은 손 놓지 않고 함께 걸어가리
이 길을…

함께 살이 30년

꽃망울이 환하게 열리는
파도가 밀려와 산산이 부서지는
번개가 하늘을 찢으며 내리치는
아이의 첫 울음소리가 터지는
새해 첫 해가 눈부시게 떠오르는

찰나의 감격으로
사랑하게 하소서

지구가 돌아가는 엄청난 속도를 못 느끼듯이
성난 파도를 품고 있는 깊은 바다가
고요하듯이
몰려오는 태풍의 눈이 청아하게 맑듯이
봄바람이 홀연히 스치고 지나가듯이
생의 마지막 숨을 내어 쉬듯이

모르는 신비의 깊이로
남은 인연을
살아가게 하소서

딸아

한 그루 나무는
흙의 기운을 받아
모두가 바라보는
화려하고 눈부신
꽃을 피운다

꽃에 가려진 흙으로
살아가더라도 외롭지 않다
온 세상의 나무가
흙의 꽃이기 때문이다

아들아 1

설악산 대청봉에 오르는 가파른 오르막길 함께 길을 나선 아들을 앞서 보낸다. 자욱한 새벽안개 사이로 아들이 서서히 사라져간다. 아들이 어릴 적에는 내가 늘 뒤를 돌아보며 기다렸는데, 멀어져가는 아들의 뒷모습을 보며 마음을 모아 하늘을 바라본다.

안갯길 같은 인생길
바로 보고
바로 걸어가라
힘든 길 평탄한 길
오르막길 내리막길
맑은 날 비 오는 날
홀로 길 함께 길
너 앞에 길은 한길이지만
많은 길이 스치고 지나가리니
붙잡은 손을 펴 바라보고 보내고
다시 맞이하고 또 보내거라

날아가는 새
활짝 핀 꽃
떨어지는 낙엽
너를 떠나는 사람들
네 곁에 머문 사람들

길에서는 걸어가는 것 외에
잠시 머무를 뿐
뒤돌아 잠시 너를 바라보고
너의 길을 걸어가라

아들아 2

오늘 아침 아들이
일본행 비행기에 몸을 실었습니다
뜨거운 사람들의 명분에 덴 마음을 품고
새 길을 찾아 길을 떠났습니다
사람만이 아픔도 주고 힘도 주는 법입니다

사람들 안에서
새로운 힘을 얻고 나누는 인생길
부디 단아한 꽃 피우고
맑은 미소 지으며
하느님을 향한 순례길 걸어가길
두 손 모아 간절히 빕니다

힘들 땐 기댈 아버지의 등이 있다는 것도
기억하거라

친구니까

친구니까
손잡고
함께 걷는다

친구니까
오랫동안
함께 걷는다

친구니까
비바람 몰아쳐도
함께 걷는다

친구니까
떨어져 있어도
함께 걷는다

친구니까
그래도
함께 걷는다

친구

사막을 가로질러 가는 사람은
함께 걸어갈 동행이 있어야 하고

길가에서 산들산들 피어나는 코스모스도
흔들리며 함께 어우러져 피어나야 하고

바다를 향해 질주하는 물방울도
모여 모여 강물이 되어 흘러야 한다

신비와 불안의 안갯길을 걸어가는 인생도
갈 길을 모르는 친구들과 함께 걸어야 한다

스승님 1

우리 스승이신 예수께서
나에게 스승이 되지 말라고 하셨으니

모든 사람을 스승 삼아
늘 배움의 길을 걸어가겠습니다

그래도
이생에서 얼굴 보고 말씀 나눌
한 분의 스승이 있으면 좋겠습니다

과분한 바람이지만
스승의 가르침 받아 마음을 나누며
함께 늙어갈 친구도 있으면 좋겠습니다

스승님 2

우리 스승이신 예수께서
내일 일은 내일 걱정하라고 하셨으니
내일 걱정거리들은 내일로 넘겨 보내야겠다

사람을 만나서 입게 될 상처들
내 존재가 작아질 것 같은 두려움
고통스러운 일이 닥칠 것 같은 공포
사라져 가는 나를 바라보는 불안

뜬구름 근심에 매여서
오늘을 이렇게 흘려보내는 것은
생명을 선물로 주신 하느님에게 불경한 일이니
오늘 생명을 지금 누려야 하리라

선물

고통 가운데
몸부림치는
사람을 위하여
신은
포도주를 주었고

세상살이
우울한
사람들에게
신은
노래를 주었고

그래도
목마른
사람들에게
신은
자신을 주었다

무無

불현듯 내 속 어디에선가
밀려 나와 나를 삼키는 허무
하느님을 바라보고
하느님을 향한 순례길을
걸어가고 있지만
그럼에도 한순간에
스며드는 허무는
무에서 온 우리의 뿌리에서
올라오는 존재의 소리이기에
허무를 품에 안고
우리 안에서 생명을 주시는
하느님을 향한 순례길
희망으로 걸어가라

서산西山

타오르는 태양을
부드럽게 안아주는 서산처럼
이글거리는 사람들 품고 살다가
서산의 품에 안겨 순례길 마치리라

조연 1

옥상 텃밭에
아침마다 올라가
주연이 아닌
잡초를 뽑아냅니다
갑자기 손끝에 슬픔이 저려 옵니다
나도 주역들 옆 조연인데
내가 나를 뿌리째 뽑아내고 있습니다

조연 2

아카데미상에는
남녀 조연상이 있는데
이 세상에는
조연상이 없구나
모두가 조연이면
모두가 주연으로
세상은 더 행복해질 텐데

비움

비워 내도
비워 내도
늘 차오르면
비우지 말고
마음 그릇을
깨뜨려라

늙어 가는 법 1

나무들은 시간이 흘러가면서
껍질이 더 단단해지고 굳어져 간다
모진 풍파 견디어내는 법이다

흘러가는 세월 속에
굳어져 버린 몸의 갑옷
서서히 내려놓고
딱따구리에 쪼이고
벌레들에게 보금자리 내어주고
성난 발길질에 상처 나고
비바람에 쓰러져
서서히 사라져 가는 길을
의연하게 걸어야 하리라

늙어 가는 법 2

우뚝 솟은 바위산엔
아무도 깃들지 않지만
수억 년 세월에
쪼개지고
깎이고
부서진
바위산은
흙산이 되어
뭇 생명들이
제자리를 틀고 살아간다

나이가 들어가며
모진 풍파로 몸도 마음도
깨어지고
멍들고
패이지만
변형된 내 속엔
다른 이들이 깃들어 함께 살아간다

신비롭다

내가 지금
온몸을 움직여 땀을 흘리고
거친 숨을 내쉬며 산을 오르고 있다
신비롭다

푸른 나무들이 보인다
새소리가 들린다
신비롭다

산줄기가 내 안에 들어온다
바람이 시원하게 스치고 지나간다
신비롭다

신비를 느끼는
내가 너무 신비롭다

신비롭게 나를 이끌어 가시는
하느님이 신비롭다

미련

아무리 떨어뜨리려고 해도
항상 나를 따라다니는 그림자

생의 마지막 순간에도
함께 떠나는 미련

빛이 없는 어둠 안에서만
사라지는 그림자

빛에 대한 희망을 뒤로하고
빛이 없는 심연에서
그림자 미련은 사라지고
자유롭게 날아가네

사라진 흔적

내가 걸어온 바닷가 모래 발자국
밀려온 파도에 흔적도 없이 사라지지만

사라진 흔적은 부서진 파도가 품어서
바닷속 깊이 간직하고

마음에 새겨진 흔적은 살아남아서
뒤돌아보게 하고
갈 길을 멈추게 한다

몽상

새처럼 하늘을 날 수는 없어도
푸른 하늘에 첨벙 뛰어들어가
헤엄칠 수는 있을 텐데

사랑의 길

하느님은 사랑이시고
사랑이 하느님입니다

사람으로 태어났지만
하느님의 길인
사랑의 길을 떠나렵니다

깊은 밤 온몸을 모아
한 방울의 이슬이 되어
떨어지는 무게로 부서져
한 포기 풀의 생명수 되듯이
작고 작은 마음을 모아
마음에 써진 당신의 이름을
이제는 기쁨과 아픔으로
새겨가렵니다

오작교 건너
한 번을 만나도
그리움의 시간을
사랑하렵니다

늘 사랑에 미치지 못해
아리는 슬픔이 밀려와도
눈물로 흘려보내렵니다

떠오르는 태양에 붉게 물들고
늦가을에 오색으로 물들어 가듯이
서로에게 스며들어 가렵니다

겨울바람 불어와
찬 기운에 온몸이 떨려오면
붙잡은 손에서 전해오는
온기를 믿고 살아가렵니다

우리 생명이
하느님 사랑에서 나오고
하느님 사랑으로 살아가고
하느님 사랑 안으로 돌아갈 때
서로 사랑했었다고
한마디 말할 수 있는
인생길 걸어가렵니다

고통

고통은 인생길의 그림자이다
우리가 외면한다고 떠나지 않고
늘 함께 길을 걷는다

늘 다가올 고통에 불안하지만
아픔이 지나간 뒤 남은 상처로
마음은 더 깊어지고 단단해져
자기의 길을 묵묵히 걷는다

제3부

홀로평화, 여름

징검다리

나는 징검다리다

긴 세월 쓸려나가
민들민들 다듬어진 몸으로
흐르는 냇물에 아스라이 자리 잡고
그리운 꿈 찾아 지나가는
뭇 인생들 기쁘게 건너보내고

건너지 못한 나의 그리움은
스쳐 지나가는 물길에 흘려보낸다

징검다리 2

징검다리가 거센 물길에 힘겨워도
그 자리 그대로 버티고 있는 것은
사연을 간직하고 설렘으로 건너가는
발길들을 기억하기 때문이다

더 가까이

작은 모기의 날갯짓에
잠에서 깨어나듯이
귀 가까이서 들리면
크게 들리는 법이다

속앓이하는 너에게 다가가
너의 속 깊이 쌓여둔 사연을 들어보고

나의 속 깊이 들어가
나도 모르는 나의 소리도 들어보고

나무에게 다가가 거친 껍질 속에
숨겨진 이야기도 들어보고

바위에 엎드려
긴 시간을 들어보고

인간이 버린 욕망의 찌꺼기를 받아들인
바다의 아린 소리도 들어보고

신음하는 지구별의 외침도 들어보라

더 가까이 다가가면 침묵도 들린다

운명

물은 아래로만 쉬지 않고 흘러가야만 한다
쉬고 싶어도 머물고 싶어도
그냥 흘러가야 한다

운명이다

머물지 못하고 흘러만 간다고
외롭지는 않다
물을 애타게 기다리는
뭇 생명들을 만나가기 때문이다

바다에 이르러
흐르기를 멈추면
하늘로 올라가
다시 흐르기 시작한다

사막 1
- 몽골 사막화를 막고 있는 은총의 숲 속에서

나무가 고사하고
풀이 사라진
황량한 들판은
새들도 떠나가고
서서히 사막이 되었다

공감이 사라지고
자비의 마음이 시들어가
아무도 내 안에 거하지 않는
사막이 되지 않도록
말라가는 마음 밭에
물길을 내고
씨 뿌리며
한 그루 나무를 심는다

사막 2

비는 내리지 않고
모래바람 불어와
풀은 말라 시들고
새들도 날아가 버린
사람마저 외면한
남겨진 모래사막에
하느님만 홀로 남아서
애타게 우리를 부르고 계신다

타고 온 배

거센 강물을 지나
저 자유의 땅으로 건너가려고

물살에 휩쓸려가지 않고
무사히 강을 건너갈
배를 정성스럽게 만들어

드디어 강을 건너
꿈꾸던 땅에 이르렀으니

미련 없이 타고 온 배는
강물에 흘려보내라

시간이 지나면

시간이 지나면
쏟아붓는 폭우로 불어난
계곡물도 잔잔해지고

시간이 지나면
이글거리던 태양으로 달구어진
대지도 서서히 식어가고

시간이 지나면
견딜 수 없던 그리움도
다른 그리움 속으로 사라지고

시간이 지나면
우주로 흩어진 흙먼지들이
모여 모여 새로운 별이 탄생하고

시간이 지나면
나도 없고 너도 없는
영원한 침묵이 남는다

제 갈 길

그 사람 사랑하려고 몸부림치지 마라
그냥 그렇게 그 사람으로 바라보라

그 담 넘으려고 애쓰지 마라
그냥 담을 담으로 바라보라

그 마음 다스리려고 힘쓰지 마라
그냥 그 마음 흘러가는 길 바라보라

각각 제 갈 길 간 후에
나도 제 길 가리라

사라져가는 것들에 대한 추억

비바람 몰아치며 도도하게 몰려오던 태풍도
한 점 바람 되어 사라진다

온 세상을 태우듯이 내리쬐던 태양도
한 빛 되어 서산 뒤로 사라진다

세상을 모두 뒤집어 버리겠다던 혁명의 열기도
손가락질 사이로 초라하게 사라진다

서로 손잡고 가겠다던 뜨거운 맹세도
세월의 변화 앞에 차갑게 사라진다

그리운 목마름으로 타오르던 사랑도
상처만 남긴 채 사라진다

신을 향한 갈망의 몸부림도
일상 속에서 녹아 서서히 사라진다.

한 생명 선물 받아 꽃피우던 삶도
하루하루 시들어 허공 속으로 사라진다

사라지기에 아름다운 것이니
아름답게 사라져 가리라

우리 시대의 게헨나,
몬탈발 쓰레기 산

필리핀 몬탈발 쓰레기 매립장에서 살아가는
우리들의 밥은 쓰레기입니다
쓰레기를 먹고
쓰레기와 하나가 되었습니다

마닐라 사람들이 버린 쓰레기 더미 속에서
생명을 얻고 자식을 낳고
쓰레기와 한 몸 되어 살아가는
우리는 쓰레기입니다

쓰레기 속에서 우리와는 다른 세상에서
살아가는 사람들의 흔적을 발견하지만
우리에게는 단지 우리가 누구인지를 말하는
증거일 뿐입니다

수많은 파리와 모기도 우리와 함께
쓰레기 더미 속에서 살아가는
우리의 동반자입니다
파리와 모기들과 우리의 차이는
단지 사람, 파리, 모기라는 이름뿐입니다

피어오르는 연기는 예수가 말했던
저 게헨나의 지옥 불 연기입니다
연기도 힘없이 하늘로 오르지 못하고
흐물흐물 쓰레기 더미로 몸을 감추고 맙니다

우리의 땀도 눈물도 피도 한숨도
연기처럼 피어오르지 못하고
쓰레기 속으로 추락하고 있습니다

우리의 한숨이 쓰레기 더미 속으로 사라지듯
사람이 만든 이 미친 세상의 욕망도
무너질 것입니다

사랑은 1

사랑은
한 송이 들꽃을 피워내는
부드러운 흙이 되어가는 것

사랑은
작은 새 한 마리가 자유롭게 날아가도록
비우고 비워서 허공이 되어가는 것

사랑은
물고기가 새끼들을 낳고 키우도록
부서지고 부서져 모래밭이 되어가는 것

사랑은
밤하늘 별빛이 빛나도록
검고 깊게 사라져가는 것

사랑은
길 떠나는 사람들
발아래 길이 되어가는 것

사랑은
이렇게 자신을 떠나고 자신이 되어
자신을 사랑하며 살아가는 것

사랑은 2

애절한 새소리
애절한 꽃망울
애절한 바람 소리
애절한 눈빛

사랑은
애절한 홀로 길

사랑은 3

사랑은
너의 아름다움을 찾아내어
이야기하는 것보다는
사랑의 눈으로
너를 바라보는 것

사랑은 4

마음이 아린다

마음이 허하다

마음이 베어서 쓰리다

사랑은 멍한 눈망울에서 흐르는 눈물입니다

꽃이 진 후에

꽃이 진 후에
나뭇잎은 더욱 푸르르고

인생의 꽃이 진 후에
생은 더 깊어 가네

하루

가느다란 들풀 줄기 끝
밤새 맺힌 물방울의 하루가 떨어진다

붉게 물든 서산에
지친 태양의 하루가 진다

푸른 별빛 사이로
나의 하루가 흐른다

그렇게 모두의 하루가 스쳐 지나가고
나는 하루에 잠든다

빈 사발

메말라 타들어 가는
마음 밭에
빈 사발 올려놓고
두 손 모아 비오니
하늘이 내려준 만큼만
마시며 살아가겠습니다

순례길

부처가 보리수 아래서 생의 길을 깨달았던
보드가야
예수가 로마제국의 폭력으로 십자가에 달린
예루살렘
마호메트가 신의 계시를 받았던
메카의 히라 동굴
수은이 인내천을 체험한
용담

순례길은 큰 도를 깨친 성인들의 흔적을
찾아가는 길만이 아니다

전태일이 어린 여공들에게 자신을 드린
평화시장
광주시민들이 민주주의를 외치며 산화한
광주 금남로
남북의 평화를 기원하며 걷는
DMZ 평화길
시장 한구석 모퉁이에서 자식을 먹여 살려온
할머니의 좌판

모래를 지고 온몸에 몸 비를 흘리며
오르는 길
주방에서 생명의 밥상을 짓는
어머님의 손길
눈물로 씨 뿌리며 기쁨으로 단을 거두는
농부의 얼굴

우리가 생명을 살아내고 살리는 모든 길이
거룩한 순례길이다

좋은 날

긴 가뭄 끝에
쏟아붓는 장맛비도 좋고

덥고 습한 장마 사이에
내리쬐는 태양 빛도 좋다

세상사
좋고 나쁨이 어디 있으랴
나에게
좋고 나쁨이 있을 뿐

이 세상 한가운데에
신비롭게 던져진 나
인류의 마지막이
오늘이라고 하더라도

그냥
좋은 날로
오늘 하루를
살아갈 뿐

인생

지는 줄 알지만
영원할 것처럼 피는 꽃
인생도
늘 그러하지요

남겨진 자리

나무는 자신을 찾아와서
그늘에 쉬었다가 가기도 하고
몸 깊이 상처를 내고 머물기도 하는
새가 떠날 때
붙들지 않고 그냥 보낸다

우리네 사람살이도
수많은 사람들이
찾아와 머물다
쓸쓸히 떠나기도 하고
아픈 흔적을 남기기도 한다

나무처럼
남겨진 자리는 간직하지만
새는
훨훨 날려 보내라

우리도
부모에 깃들어 있었고
수많은 사람들 안에 머물다
홀연히 떠나가는
우주의 먼지들이다

마음

사람살이 지친 마음
꼬깃꼬깃 접히고
먼지가 서서히 쌓여갈 때

한바탕 쏟아붓는
소나기에 내여 놓고
땡볕에 말려서
다시 품고 가리라

그리움,
외로움

홀연히 찾아와
머물다
사라져가는
바람의 뒷모습을
바라보는
텅 빈 마음, 그리움

스치고 지나가는
바람을 붙잡는
손끝이 아린, 외로움

소명

떠돌이 유목민 히브리인들의
신 야훼의 부르심을 따라
길을 나선 아브라함

수많은 자손들과
그들이 살아갈 땅을 주겠다는
약속을 굳게 믿고
험한 길 걸어온 아브라함에게
야훼가 보여준 것은
밤하늘의 별들과 사막의 모래알들

나는 무엇을 보고
길을 떠나려 하는가

야훼가 사람들 안에 뿌린
하늘의 씨앗을 보고
끝이 보이지 않는
먼 길 떠나가 보련다

돈오돈수 & 돈오점수

오늘은 돈오돈수
내일도 또 돈오돈수
그래서 늘 돈오점수

오늘의 나와 내일의 나는
인연의 한길에 있는 다른 존재이고
올해 핀 꽃은
내년에 다른 꽃이 되어
피어날 것이다

참회

살아온 길 돌아보니
뭇 생명의 희생으로 여기까지
걸어왔고

살아갈 길 바라보니
온 생명의 사랑으로 저기까지
갈 것이니

인생길 걸음마다
은혜를 새기고
마음을 모아
참회의 길
걸어가리

제단

우주는 온 생명들이
서로 생명을 주고받는
거룩한 제단이다

생성되고 사라지는 신비
먹고 먹히는 은혜와 아픔으로
지구별 생명은 깨어나고
온 우주는 하나 되어 살아간다

우리네 인생도
우주의 제단에
우리를 드리는 길 위에 있다

제4부

홀로평화, 가을

나뭇잎들의 합창

가을바람 따라 들려오는
나뭇잎들의 노랫소리를 들어보라

사람들의 그 어떤 합창도
영혼 속으로 스며오는
나뭇잎들의 합창만 하겠는가?

나뭇잎들의 합창은 수많은 나뭇잎들이
부대끼지만 어우러져 발하는
삶의 앓은 소리이기에
인간 세상에 갇힌 우리의 속을
뒤흔드는 것이다

홀로 함께 살아가는 인생길
서로 함께 부서지는 아픔의 소리로
함께 노래한다면
나뭇잎들의 합창을
우리도 부를 수 있지 않겠는가?

단풍잎 1

단풍잎은 잎의 꽃이다

봄여름 힘차게 땅의 기운 빨아들이고
태양과 물을 머금어
푸른 잎으로 왕성하게 채웠지만
찬바람 불어와
자연의 품으로 돌아가기 전
조금씩 조금씩 자신을 비워
자신만의 마지막
잎의 꽃을 피운다

우리네 인생길 채우고 채워서
가득 찬 몸과 마음 비우고
자기만의 색깔로 물든 꽃을 피우고
왔던 곳으로 돌아가야 할 텐데

단풍잎 2

모든 나뭇잎들이
아름답게 꽃피고
화려하게 물들기를
바라지만
곤충들이 갉아 먹고
세찬 바람에 꺾여 떨어지고
뜨거운 햇볕에 말라가고
남은 잎들 중에
물들 잎들만
물든다

꽃피우지 못하고
화려하게 물들지 못한 인생이라고
서러워 마라
모두가 지고 떨어져 가는 인생들이니

단풍잎 3

깊은 하늘 안으로
떨어지는 단풍잎을
바라보는 나에게
단풍잎이 속삭인다
너도 곧 떨어지리라

자그마한 바위

산행 길은
적응될 만도 하지만
매번 숨이 차오른다

오르막길
자그마한 바위에 앉아
다시 새 힘을 내
길을 나선다

우리네 인생길도
매일 맞이하는
오늘을 걷지만
늘 숨이 차오른다

잠시 머물러
새 기운으로
다시 길을 나선다

떨림

자신을 비워
자신 안에
깊고 푸른 우주를 낳으시고
우주와 한 몸이 되신
신의 신비, 떨림

뭇 생명을 품어서
살리고 기르는
산의 자비한 품, 떨림

내 안에 함께
신과 산이 살아가는
은혜로운 전율, 떨림

역설

살아남기 위하여
온몸으로 촘촘히 엮어낸
거미줄 감옥에서
평생을 살아가는
거미

자유를 누리기 위하여
몸부림친 인생살이 공장에서
생산된 거미줄에
갇혀버린
나

인간의 자신만만한
탐욕이 지나간 자리에
얽혀있는 절망의 거미줄에
매달려 있는
지구별

둥지의 추억

떠날 힘도 없이
낡고 비가 새는
둥지에 남아
둥지를 떠나가는
새끼 새를 바라보며

나뭇가지를 입에 물고 모아와
정성스럽게 둥지를 만들고
새끼를 품어 기르던
둥지의 추억을 날려 보낸다

이젠 인간들도 마음대로
살아왔던 지구별 둥지에서
서서히 떠날 때가 다가오고 있다

집착

푸른 빈 가을 하늘을
바람 타고 마음대로 날던
새가
집착에 갇혀
새장에 매여 있는
나를 보고 있다

여행

잠 못 이루는 설렘
얕은 안개 낀 불안
부러운 시샘들
다가오는 기쁨으로
비벼 먹는 비빔밥

기도

하느님
이순의 세월 동안 몸부림치며 살아왔지만
아직도 삶이 서투른 어린아이입니다

하느님
당신을 알고자 여기까지 왔지만
여전히 당신은 알 수 없는 신비입니다

하느님
새로운 길을 걸어가기 위하여
결단을 내릴 용기도 없습니다

하느님
이웃을 사랑하라고 하셨지만
이웃에게 다가갈 힘도 없습니다

하느님
위기에 처한 지구별을 바라보며
무엇을 해야 할지도 막막해 보입니다

하느님
아무것도 할 수 없지만
해바라기처럼 당신 앞에 서서
그저 당신을 바라볼 힘만은 주소서!

아픈 사랑

어디 아프지 않은 사랑이 있으리
나를 깨뜨리고 나와서 너에게 가는 길인데

어디 잊을 수 있는 사랑이 있으리
심장 깊은 곳에 새겨놓은 흔적인데

어디 미치지 않는 사랑이 있으리
제정신을 넘어 다른 내가 되어 가는 숨결인데

어디 웃음 안에 눈물이 흐르지 않는
사랑이 있으리
늘 너를 보고 웃고 나를 보고 우는 마음인데

어디 아물지 않는 사랑이 있으리
흐르는 세월과 함께 흘러가는 몸부림인데

콩나물시루

출근길 지하철
각자 자기 길을 이고 지고
서로가 서로를 힘들게 하지만
서로로 인하여 흔들려도 넘어지지 않고
콩나물시루처럼 서 있습니다

나와 너
서로를 찌르는
가시가 되기도 하지만
서로를 살게 하는 생명줄입니다

이런 생명의 그물망에 서로 걸려 있기에
그래도 너는 내가 살아갈 희망입니다

씨름

이기기 위하여 씨름하고
인정받기 위하여 씨름하고
미워서 누르기 위하여 씨름하고
원하는 것을 얻기 위하여 씨름하고
알기 위하여 씨름하고
넘어서기 위하여 씨름하고

씨름이 씨름을 낳고
씨름이 끝난 뒤에
나만 홀로 남았는데
마지막 남은 나와의 씨름

사막 인생

뜨거운 사막의 모래를 힘들게 걸어왔지만
남겨진 발자국 하나 없다

수많은 사람을 만나서 웃고 울었지만
옆에 있는 이들도 다 지나가고 있다

열정을 태워서 살아왔지만
결국 남은 것은 재 한 줌으로 남아서
흙으로 돌아간다

외로워

우주에 흩어진 미세 입자들도 외로워
긴 세월 서로를 보듬어 별들로 태어나고

검푸른 우주에서 별들도 외로워
별빛으로 친구들을 부르고

뿌리를 깊이 내린 나무들도 외로워
산에 모여 함께 살아가고

깨어지고 부서진 모래알들도 외로워
함께 모래사장을 이루고

우주가 늘 생성하고 진화하는 것은
외로워 서로를 그리워하기 때문이다

그냥 흐른다

물은 그냥 흐른다

거칠고 험한 계곡이면
그냥 빠르게 흐르면 되고

완만한 모래사장을 만나면
그냥 머물러 흐르고

비바람 몰아치면
그냥 몰아쳐 흐른다

물은 무엇을 만나든지
그냥 무심히 흐른다

어떤 사람을 만나든
어떤 사건이 일어나도
그냥 바라보고 흘러가면 된다

저물어 간다는 것은

바람에 날리던 단풍잎은 홀연히 떨어져

늘 푸른 사철나무에 단풍꽃을 피우고
어둡게 가려진 아스팔트 길에 오색 수를 새기고
머물러 외로운 호수에 울긋불긋 돛단배를
띄우고
홀로 걸어가는 노신사의 흰머리를 곱게
물들였습니다

저물어 간다는 것은
자기를 내려놓아
다른 이들을 물들이고 꽃피우는
길에 서 있다는 것입니다

낙엽이 떨어지는 것

낙엽이 떨어지는 것은
내 마음이 미련을 버리고
떨어지기 때문이다

조금만 더

절정의 순간
조금만 더를 내려놓고
미련 없이
영원한 고향 품으로
떨어지는 단풍잎의 자유

자기

은행나무가 노랗게 물든 것은
노란 길을 걸어왔기 때문이고
단풍나무가 붉게 물든 것은
붉은 길을 살아왔기 때문이다

나도 내가 살아온 길로
물들어가고
모든 생은 결국 자기가 걸어온 삶에
물드는 것이다

나는 나다

장맛비로 흙탕물이 되어
밀려서 흘러가도 물은 물이다

긴 가뭄으로 말라가는 저수지에
갇혀 있어도 물은 물이다

히말라야 설산에서 흐르는
빙하수도 물은 물이다

깊은 골짜기에 겨우내
꽁꽁 얼어 있어도 물은 물이다

새벽안개 되어 이리저리 흔들리다
어느새 사라져가도 물은 물이다

푸른 하늘에 흰 구름 되어
자유롭게 흘러 다녀도 물은 물이다

고통스러워도
기쁨이 가득해도
사방이 막혀도
햇살이 비추어도
나는 나다

함께 살이

삭풍이 몰려와
온몸과 맘이
시릴 때는
서로 한 걸음
다가가고

끓어오르는
태양 앞에선
서로 한 걸음
물러서 바라보라

자유 1

푸른 하늘을 홀로 마음대로
날아다닐 수 있는 자유보다도
무리 지어 함께 날아다니는 것이
참 자유이다

내가 가고 싶은 길을 마음대로
걸어가는 자유보다도
가야만 하는 길을 함께 걸어가는 것이
참 자유이다

우리 꿈이 이루어져
누리는 자유보다도
좌절하고 고통당하는 사람들과
어우러져 추는 춤 속에
참 자유도 춤춘다

모든 자유가 가로막힐 때
하느님 향하여 날아가는 길에
참 자유가 꽃핀다

자유 2

바람이 가고 싶은 데로
마음대로 가는 것을 보고
우리는 자유를 말한다
그러나
바람은 뭇 생명들을 흔들어
깨우고 일으켜 세우는
제 길을 따라갈 뿐이다

물이 거침없이 흐르고 멈추어 서고
넘어가고 사라지는 것 속에서
우리는 자유를 본다
그러나
물은 애타게
자신을 찾은 곳을 향하여
자신을 주기 위하여
스며들어 사라지고
굽이쳐 흐른다

우리는 마음대로 불고
마음 가는 데로 흐르는
자유를 찾아왔지만
참 자유는 제 길을 찾아
제 길을 걸어가는 것이다

걸었지만

오늘도
따라오는
허전함보다
더 빠르게
걸었지만
그래도 허전함은
늘 내 앞에 서 있습니다

새 한 마리

나에게서
한 마리 새가 나와서
머뭇거리다 훨훨 날아갑니다

나인 줄 알았는데
내가 아닙니다

새장 문을 열어
모두 날려 보내니
아린 빈 마음에
평화가 남아 있습니다

빈 잔

하늘과 땅의
은혜와 사랑을
육십 평생
받아 온 잔
감사한 마음으로
늘 따라주고 비워서
빈 잔으로 살아가리

홀로평화

펴낸날 2024년 5월 13일

지은이 김영진
펴낸이 주계수 | **편집책임** 이슬기 | **꾸민이** 박효빈

펴낸곳 밥북 | **출판등록** 제 2014-000085 호
주소 서울시 마포구 양화로7길 47 상훈빌딩 2층
전화 02-6925-0370 | **팩스** 02-6925-0380
홈페이지 www.bobbook.co.kr | **이메일** bobbook@hanmail.net

© 김영진, 2024.
ISBN 979-11-7223-008-1 (03810)